この世界で1人くらいは、私の生きる価値を認めてくれるはずだから

ポイズンちゃん

KADOKAWA

はじめに

私は今まで、自分に価値をあまり感じることができずに、ずっと生きてきた。

絶世のブスだし、口下手だし、ひねくれものだし、本当になんの取り柄もない。私ってなんのためにいて、誰の役に立つことができるんだろう、誰が私を必要としてくれるんだろう、そんな考えが心の根底にあった。かわいくなれない自分を見て、鏡の前でいつも泣いてた。

だけど、ツイッターを始めてそんな気持ちを言葉にしたら、私に共感してくださるフォロワーさんがいて。私を好きだと言ってくださる方もいて。

そして、こんな私に、一冊の本を執筆するチャンスをいただけた。フォロワー0人だったあの頃には夢にも思っていなかったことだったからびっくりしたけど、文章を書くのが大好きだから、本当に嬉しかった。

私を必要としてくれる人が、この世界にちゃんといたよ。世界中の皆が、会う人会う人すべてが、私を無視したり、嫌いだと感じたり、不必要だと思っているなんてことはないんだ。

私でさえこう思えたんです、こう考えられるようになったんです。

あなたにも、生きる場所も、価値も、絶対にある。この本を読んで、最後にそう思ってもらえたら嬉しいです。

CONTENTS

Chapter 1

コンプレックスの塊だけど愛されたいし褒められたい

Chapter

2

誰だって好きな人の「一番かわいい」を求めてる

Chapter

3

この世を呪っておきながら誰かに必要とされたい矛盾

Chapter 4

私より幸せそうな美人が腐るほどいるこの世界で

Chapter 1

コンプレックスの塊だけど愛されたいし褒められたい

かわいくなりたいと死ぬほど願ってるのに顔面も体型も私についてこない

かわいくなりたいですか？

もちろん。

365日、24時間四六時中、かわいくなりたいと思ってる。死ぬほど見た目で苦しんで、泣いて、もがいて、どうしようもなくて。苦しくて苦しくて苦しくて。

「世の中見た目じゃないよ」とか言うけど、なんていうか、そういうことじゃないんだよな。周りが気にしてるとかしてないとか、モデルになれるとかなれないとか、そんなことじゃない。

ただ、自分の見た目が、毎朝鏡に映る自分の姿が気に入らなくて、醜く見えて、つらい。もしも綺麗になれたら、かわいくなれたら、それだけでいい。**ふと目にした自分が、好きな人の隣にいる自分が、もっとかわいかったらって思うんだよ。**

お金、才能、名声、……なんでもいいからほしいものを一つ選べと言われたら、即答で「容姿」だ。それくらいかわいくなりたい、思いの強さならきっと誰にも負けないはず。

でも、その思いに顔面も体型もついてこない。ついてこいよ、顔。少しは薄くなれよ、肩周り。**どうして心と体はリンクしないのか。**

こんなに望んでいるんだから、一つくらい叶えてくれたって罰《ばち》は当たらないはずなのに。

ぐちぐち言ってる暇あったら少しでも努力しろって話。願ってるだけじゃ何も変わらないし。

1駅歩いちゃうとか、お菓子やめてサラダチキンとか、メイク研究するとか。願うだけじゃなくて行動しなきゃ。あーかわいくなりたい！

シンプルに「かわいい」とだけ言ってほしい。「普通に」とか「俺にとっては」とかいらない

彼氏にはやっぱりかわいいと思ってほしいし、「かわいい」と言われたい、人間だもの。

わがままだ、とか、褒められているだけ感謝しろ、と言われてしまうかもだけど、私には不満がある。

それはね、かわいいと褒められる時、

「普通にかわいいと思うよ」「俺にとっては、かわいいよ」

といらない一言をつけられること。

こんなブスを褒めていただけて、まことに嬉しいですよ。だけど、「普通に」って何。「俺にとっては」って何。

私は、彼氏目線でなくても、一般的に見て、かわいい女の子にな

りたいし、努力してる。「俺以外」の一般人から見たら、私はやっぱりブスだと思われているのかな、とか、私が普通にかわいいってことは、私以上にかわいいと思う女の子が他にもたくさんいるのかな、とか。余計なことを悶々《もんもん》と考えてしまうわけ。

やっぱり、私は彼氏のことが一番好きだし、**一番好きな人には「一番かわいい」と思っていてほしい**し、そう言ってほしい。ブスなのが悪いんだろ、と言われたら何も言えなくなるけどさ。

余計な一言を付け加えずにシンプルに、

「かわいい」

でいいの。かわいい、それだけがほしいの。私以上の存在をにおわせないで。

もし、かわいいと思えなくて苦肉の策で「俺にとってはかわいいよ」とか言ってくれているんだったら、もういっそ容姿には触れないでほしい。**たった一言でも気にしすぎてしまう、めんどくさい女なので。**

朝起きて髪ボサボサすっぴん唇カサカサの
規格外なブスを鏡で見て
己のあまりのブスさに絶望し
その後メイクして髪直してもう一回鏡を見て
「はぁ良かった普通のブスに戻ってる…」
って今日もメンタルがグラグラ。

「ブスなんだから人一倍頑張らなくちゃ」
って日と
「どうせブスだし何してても変わらんし
やめたやめた」
って日と
「ブスなのに美容にお金かけるの、
なんか悪いことしてる気がする…つらい」
って日の落差が激しい。

美人とブスって見た目はもちろんだけどメンタルが違う

美人とブスって、どうやって区別する？　顔だよね、もちろん。ただ、**美人とブス、顔以外は同じなのかというとそれは絶対に違う。**

何が違うって？

メンタルですよ。

美人は幼少期から皆にちやほやされ、いつも人の輪の中にいて、優しい温かい環境で育ちがち。対してブスは、というか私は、幼い頃から自分がブスだと自覚して生きてきたので、幼いなりの生きづらさを感じていたし、常に「私なんかが」って考え方をしてきたし、目立たないように、調子に乗らないように、嫌われないように生きてきた。

かわいいものへの憧れ、女の子らしくありたいという願望。いろいろあった。あったにはあったけれど、特に誰に禁じられたわけでもないけれど、なんとなく私がかわいい子と同じものを好きになり、同じように振る舞っていたら、周りから笑われる気がして、本当の自分を隠して生きてきた。

美人の失敗は許されるし、わがままは聞いてもらえるし、意見は尊重されるし、いつも誰かに必要とされている。だから**美人って、まっすぐで、ひねくれていなくて、優しい人が多いし、何より隠し切れないキラキラオーラがすごい。**彼女たちは輝いてた、昔も今も、ずっと。

私には眩《まぶ》しすぎて、遠すぎる。肯定されたキラキラの世界で思いっきり自分をさらけ出して生きてきた美人と、じめじめした苔とカビだらけの日陰でひっそりと植木鉢の下のダンゴ虫みたいに生きてきた私。二者の違いは顔だけですか？　違うよね、**メンタルからして違うんだよ。**

かわいい子は自分のかわいさが
武器になるってわかってるから
努力も惜しまないし、
ますますかわいくなって
チヤホヤされてもっと努力して
どんどん垢抜《あかぬ》けていくから、

私みたいなブスは
死ぬ気で頑張らないといけない。
だから私は筋トレするし
化粧頑張るし
ケーキも我慢するし
マッサージもする。

「誰もあんたのこと見てないよ」って言われるけど私が気にしてるしつらいのは私なんだよ

悩んでいる人間に対して「誰もあんたのこと見てないよ、気にしてないよ」ってわざわざ言ってくる人って何なんだろう。励ましてくれているつもりなのか、それとも少し意地悪で言っているのか。まあどっちでもいいけど。

私は、誰かに見られているから、気にされているからつらいのではなくて、私が気にしてしまうからつらいんだよ。まずそこをわかってよ。悩むのも、背負うのも、全部自分。そこに誰かは関係ない。

他人が気付かないような小さな変化だって、パッと見ただけではわからない少しの違いだって、毎日気にしている本人からすればすぐにわかるし、気になるよ。

誰も私のことを見ていなくたって、私は毎朝鏡で自分を見る。

毎日毎日、この顔と向き合って「今日は目元が腫《は》れぼったくて嫌だな」「もっとかわいくなりたいな」「もっとここが細かったらな」「自分の横顔が本当に気に入らないな」「最近肌が荒れてるな」「昨日日に当たりすぎたけど、焼けたかな？」そんなことを考えている。

くだらないとか、わからないとか、そう言われてしまったらそれまでだけど、私にとってはとっても大きなこと。コンプレックスで、気にせずにはいられない部分なの。**私自身の問題に、私が悩むことくらい許してよ。**

誰かが私のことを見ているから、かわいくなりたい、綺麗になりたい、そんな話ではなくて、私がかわいくなりたいから、綺麗になりたいから悩んでいるの。わかって。

ブスは生きてるだけで
ブスなのしんどすぎない？

どうしよう。
自分の顔、マジで好きなところが一つもない。
一つもない。
一つもないの。
どうしよう。

小さい頃から、ピンクが好きとか お姫様役やりたいとか 女の子らしくするのが怖くて言えなかった

小さい頃から、本当はピンクが好きだった。けどなんとなく、**私みたいな子はピンクを好きって言ってはいけない**というか、そう言ったら、**「ブスのくせにピンク（笑）」とか、馬鹿にされるような気がして怖かった。**

クラスで劇をやることになった時も、女の子たちはだいたいお姫様とか、さらわれる娘役とか、ヒロインを奪い合うんだけど、私はなんとなく気が引けて、自らおばあさん役に立候補していた。

本音を言えば、プリンセスに憧れることもあったし、ピンクのかわいいキラキラした小物がほしいなあと思うこともあった。歌って踊れるかわいいアイドルになってみたい気持ちも、あった。

だけど、それを口にしたら、態度に出したら誰かに否定される気がして、それが怖かった。

今はもう、かわいいものが大好きだと胸を張って言えるし、もちろん躊躇《ちゅうちょ》なく買えるし、ブスだけど、その点では呪縛は解けた。

どうして解けたんだろう。

たぶんだけど、好きなものを好きだと、やりたいことをやるぞと、堂々と言っている人を見て、憧れて、少しずつ、私も口に出してみたら思っていたよりみんな受け入れてくれて、クソだと思っていた世界にも意外と、私の生きるスペースはあるのかなって。一筋の光が見えてきた気がして。

こんな私に共感してくれたり、好きを共有してくれたり、そんな人も少しかもしれないけど、確実にいることを知った。

あとは、**好きなものを好きだと公言することの何が悪いんだよ。という半ば開き直り（笑）。**

そんなことで、少しだけ強く、少しだけ幸せになれた。

かわいくて細身なら カーテン巻いても様になる

モデルさんやマネキンが着ている服を見て、かわいいと思って購入したものの、私が着るとなんか違う。どこがどう違うのか、はっきりとはわからないけど、確実に、何かが違う。今まで数えきれないほどそんな経験があった。

ちゃんとかわいい服なのに、デザインも着心地も抜群なのに、それでも私には似合わないものばかり。

何が悪かったんだろうか。

認めたくはないけれど、要は、顔と体型なのかな。

そもそも、**顔がかわいくて体が細ければ、カーテン巻いてたって様になる**んだから。なんだって似合うよ、かわいい子は。

私はダイエッターで、マックス体重から5、6キロは落とした。え、たったそれだけ？って思われるかもしれないけど、5キロって相当違うよ。

昔買った、どうしてもやぼったくなるというか、むっちり感が出るというか、そんなスカートがあったの。赤い、ちょっと膝上くらいの丈の、かわいいスカートだったんだけど。残念、私の体型がついてこなかった。それがマックス体重の時。

最近、そのスカートをもう一度はいてみた。すると、自分で言うのもなんだけど、似合うんだな、これが（笑）。

あくまで当社比のおはなし。だけど、足も長く見えるし、ウエストとのメリハリがあるし、顔はまあおいておくとして、印象がガラリと変わった。

何が言いたいかって、**やっぱりファッションに大切なのは顔と体型だと思う。**私は顔が悪い分、体型で頑張るんだ！

あー、フライドチキンが食いてえ。

インスタ映えする食べ物は
かわいいし
インスタ映えスポットもかわいい。
かわいいけどかわいいのは
あくまで食べ物や背景であって
本人じゃない。

だけど美人はマック食べてたって
電車に乗ってたって寝てたって
インスタ映えする。
顔がインスタ仕様。

だからよくわからんスイーツに使う
1000円は美容に回そう。

彼氏に見た目の良さは求めないけど彼氏が私の見た目を好きであってほしい

イケメンは好きだけど、テレビで見られればそれで良い。付き合うなら、顔よりも性格というか、相性というか、気持ち悪くなくて、尊敬できる人がいいな。彼氏に見た目の良さは、本当に本当に求めていないんで。

にもかかわらず、彼氏は見た目の良さを求める人であってほしい。似合ってればなんでもいいよ、見た目で好きになったわけじゃないからさ、**僕は君を性格で選んだんだよ、顔だけなら他にもいるけど、一番好きなのはお前だよ、なんて死んでも言われたくない。**

そんな言葉、一つもいらない。

見た目で選んだ、見た目が好き、なんなら見た目しか好きなところはない、それでもいい。私は自分の外見に強いコンプレックスがあるのと同時に、美しさへの憧れが人一倍強いから、それを肯定してくれる人がほしいんだ。

見た目を愛してもらえることが、好きだと言ってもらえることが、選んでもらえることが、本当に、死ぬほど嬉しくて、**誰かの、一番になりたくて。**

相手の見た目には無頓着《むとんちゃく》なくせに、自分の容姿に対する執着心は、半端じゃなく強い。自分勝手だし、くだらないって言われるんだろうけど。

外見なんて見せかけのもの、大事なのは中身、いずれ衰えていくもの、全部言いたいことはわかるけど、そう考えたほうが人間的に深いのかもしれないけれど、私には無理。

私はやっぱり、自分の容姿が気に入らなくて、そして気になって、仕方がない。

たぶん、私が本当に好きなのは、好きになりたいのは、自分だ。

〝頑張ってるのにその程度〟
って思われるのが怖いので
他人の前で化粧直しとか見られたくない。
カラコンしてるのもバレたくないし
ダイエットしてるのも知られたくない。

顔が理由で愛されたいし
許されたいし
必要とされたいです。
理由は顔だけで良いです。
顔だけが、良いです。

女が女に嫉妬するのは自分より下位なのにチヤホヤされてる時

よく男の人って「かわいい女は嫉妬される」って言うけど、でもこれ、違うと思う。

かわいいものは誰が見たってかわいいし、嫉妬する余地なんてない、だってかわいいもん。どう見たって自分より上だもん。嫉妬するのも馬鹿馬鹿しいくらい、何もかもが違うじゃない。

でも「自分のほうがかわいいな」とちょっと見下していた相手が、自分より高評価だったり、モテてたり、幸せそうだったり、しかも大したこともないくせに相当調子に乗ったりしている場面を目にした時は、「なんであいつが?」とはなる。

自分のほうがかわいいのに、能力が高いのに、あいつばっかり、ずるい、おかしい。そんな**ちょっとしたことから嫉妬がはじまる。**自分と同等か、ちょっと下、そういう相手に対抗心をメラメラ燃やすんだよ、女の子ってものは。

結局は、自分が納得できるかできないか。

あの子は褒められても当然、モテて当然、それくらい目に見えるほどの格差があれば、劣等感を覚えることはあっても嫉妬することはまずない。

だけど、そんなにかわいいとも思わないし、モテている理由もよくわからない、自分との差があるようにも思えない、なんなら**自分のほうが勝ってるでしょ？　くらいに思っていた相手が評価されることには、絶対納得できない。**

嫉妬のはじまりはじまり。

浮気は最大の裏切りだし侮辱だし どんな言い訳も嫌い

私、浮気は、本当に、本当に、心底、嫌い。もうこれは誰がなんと言おうと、**どんな理由があろうとも、受け入れられない。**

浮気は裏切りだ。しかも最大級の。

好きだって言ったくせに。

一番だって言ったくせに。

私は好きだったのに、信じてたのに。

全部、嘘だったの？

何を思いながら今まで私と会ってたの、どんな顔して私に好きだとラインしてたの。電話に出なかったのは浮気相手と会っていたから？

そもそも浮気する理由ってなんだろう。本能？　寂しかったから？　息抜き？　何をもってしても意味がわからない。

それなら別れてから好きにやってよ。私にだって私の大事にしている心や時間がある。あなたのせいで無駄にしたけど。

一度裏切られた時点で相手への信用もクソもなくなるし、好きな気持ちも一瞬で冷めていくし、「もう二度としないから」とか言われても、遅すぎるんだよね。

無理だから、次とか考えられないから、無理だから、もう。

付き合っている相手がいながら、私がいながら、他の女に手を出していたなんて**屈辱にもほどがある**し、こんな奴を好きになってしまった見る目のない自分にも悔しさを覚えるレベル。吐きそう、無理。

何があっても、浮気だけは認めないし、許さない。絶対に。

好きな人に
「今日の服似合ってたからまた着てきて」
って言われると死ぬほど嬉しいの私だけ？
逆に
「服とかよくわかんないし
変じゃなければなんでも良いよ」
って言われるとスーッと冷める。

「ブスじゃないよ」って言う男はモテないけど
「今の超かわいい」って咄嗟《とっさ》に言える男はモテるし
「服装とかよくわかんないしなんでも良いよ」
って言う男よりも
「この服似合うから今度着てきて」
って言う男のほうが絶対にモテる。

ブスなことで悩んで泣いていても
面倒くさい奴と思われて嫌われるか
気を使われてお世辞を言われるか
人間は顔ではなく中身だとか説教されるだけなので
誰にも言わないし言えないし言いたくもないけど
やっぱり苦しいものは苦しいし、
かわいくなりたい綺麗になりたい。
だから人知れず頑張るの。

ブスなので少しでも「かわいい」って言い寄られると「この人しかいない」と思い込みかける

ありがたいことに、こんな私にも一応「かわいい」って言ってくれる人がごくごく、たまーに、現れるんです。

馬鹿で「かわいい」に慣れていない私は、それだけで嬉しくなって、自信が少し、取り戻せた気がして。

だって、この人以上に私の見た目を好きになってくれる人なんていない。この人といるのが、私にとっての幸せなんだ。そう思い込もうとする。

だけどね、**悲しいことにこういう奴って、誰にでもかわいいかわいい褒めまくってる。**そう言いさえすればいいと思ってるし、何を言えば女の子が喜ぶか知ってる。試しにライン覗き見てごらん。えげつないから。

彼からしたら私なんて、本命でもなんでもなくて、下手な鉄砲も数うちゃ当たるだろう的な思考で打った的の一つでしかない。

私からしたって、一気に冷めるし、好きになりかけた自分に呆《あき》れるし、恥ずかしいし、ちょっと悔しい。結局、**かわいいの一言に踊らされて舞い上がるだけ無駄**ということになる。

本当に私やあなたを、心からかわいいと、好きだと近づいてくる男性がいればそれが一番なんだけど、現実はちょっと遊べれば良いな、とか、あの子押したらいけそうだなとか、いろんな女の子からモテる俺かっけぇ、みたいな思考の男性ばっかり。

そんな男性に私はもう騙《だま》されたくないし、皆にも騙されてほしくない。傷つく女の子が増えるのも嫌だし、美味しい思いをするクソ男が増えるのも気に食わない。

あなたはかわいい。かわいいんだよ。だから**焦らないで、変な男の軽くてスカスカな、甘い言葉に惑わされないで。**

人のプリ見て
「何これめっちゃ盛れてる！
かわいすぎ！ え、盛れすぎ」
みたいに言ってくる女はマジでタチ悪い。
実物はもっとブスって言いたいとしか思えない。
プリなんだから盛れて当然じゃん。
お前のトプ画も別人レベルに盛れてるわ。

家の鏡を見た時の私「私って結構かわいい？」
フィルターかけて自撮りした私「まぁまぁだな」
外のガラスに映った自分を見た時の私
「あのブス顔でか…私か…」
純正カメラで自撮りした私「現実は厳しい」
他撮り写真を見た私「ブスすぎて死にたい」
証明写真をプリントした私「今すぐ飛び降りたい」。

他人の写真の加工には
「目の大きさ全然違う」「足伸びすぎワロタ」
「縮尺やべぇ10頭身かよ」「あご削りすぎ」
ってめちゃくちゃ気が付くけど、
自分のを見ても
「今日の私なかなか調子良いな」
くらいにしか思わないので
たぶん知能レベルがカタツムリなんだと思う。

彼氏がいなけりゃ楽だろうけど ふとした瞬間に 手を繋ぐ相手がほしくなるんだよ

彼氏がいないと、これが本当に楽すぎる。

嫉妬することも不安になることも、あんなこと言わなければ良かったと後悔することも、全くない。彼氏の何気ない、悪意ない発言に対して考え込むことも、傷つくことも、全くない。

恋愛において、ストレスフリー。

当然元カノや妹みたいな奴みたいな、女の敵が現れることもないし。

だけど、ふとした時、寂しくなる。何なんだろうね、これ。

帰ったら家の中は真っ暗で。

寒いな、あるいは、暑いな、なんてエアコンをつけたりして。

テレビを消したら、イヤホンを外したら、家の中は無音で。

私以外の人の温もりが全くなくて。いやあったら怖すぎるけど。

気合を入れた料理を作ってみても、美味しいと言ってくれる人はいなくて、結局食べきれなくてタッパーに詰めてさ。

次の日、「やっぱり作りたてが一番だな」なんて1人で思いながら食べたりして。

イルミネーションの前を通りかかっても、私の隣には誰もいなくて、花火大会で浴衣を着たくても、誘う候補は友達だけで。

そんな本当にふとした時、ああ、私も彼氏がほしいなぁ、安心できる居場所が、手を繋ぐ相手が、寂しい時に意味もなく電話できる相手が、ほしいなぁ、って思ってしまう。


好きだって、頑張ってるねって、美味しいねって、言いたいし、言われたい。


恋愛がしたいです。

寂しいもん。

好きって面白いよね
好きだけで許せるし
好きだけで我慢できるし
好きだけで騙されちゃうし

泣けるし死にたくなるし
幸せにも不幸にもなれる
ただ好きって感情
一つだけなのに。

ブスだと自虐するのは先手を打って自分を守りたいから

本人がブスだって認めてるんだから「ブス」って言ってもいいじゃん、とか、こっちは何も言っていないのに向こうからブスって自虐してきてどう反応したら良いのかわからない、という話をよく聞く。

確かに、自分のことをブスだなんて微塵《みじん》も思っていないくせに「そんなことないよ」を待つ女もいる。だけど、そうじゃなくて、ブスだって相手に貶されるのが怖いから、相手から切り出されるのが怖いから、**あえて自分からブスだと自虐することで、自分を守っている人**も多いと思う。

「私ブスだからさ（笑）」の裏には、**私は自分でブスだということを自覚しているので、これ以上いじってこないでね、もう十分わかっ**

ているから、これ以上傷つけないでね、という本音が隠れている。

こいつブスなのに自覚してないのか、と思われたくないし、相手に笑われて傷つく前に自虐してしまったほうが楽だし、想定外の悪口に怯《おび》えないで済む。

きっとそういう人は、今までいくつもの心無い言葉に傷つけられてきたはずで、でもその責任は誰も取ってくれなくて、そもそも誰も気にしていなくて、自分だけが苦しむという経験をたくさん重ねてきたんだと思う。だからブスの壁を作り上げて、石を投げ込むことすら許さないほど高い壁を作って、自分を守る。

本当は自虐したくない、だけど**そうせずにはいられないブスも存在するんだ。**

そういう人に石を投げてもいいと思わないで。**ブスだと貶してもいい人間なんて、この世には存在しないよ。**

ブスだから明るくしなくちゃ

ブスだから痩《や》せなくちゃ

ブスだから愛想良くしなきゃ

ブスだから小綺麗にしなくちゃ

ブスだから優しくならなきゃ

ブスだから我慢しなくちゃ

ブスだからわがまま
言わないようにしなくちゃ
ブスだからブスだからって
ブスがまとわりついて
素を出したら
1人になる気がして怖くて。

Chapter 2

誰だって好きな人の「一番かわいい」を求めてる

自分の彼女は何もしなくても
いつでも綺麗と思っている男性
実はすごく手が込んでるんですよ

世の中には女性のこともろくに知らないくせに、「僕の彼女は何もしなくてもいつでも綺麗ですよ」とか言ってくる男性がいます。しかもそういう人って「あなたとは違って」などと余計な一言をつけてくるんですよね。ちょっとイラッとする。そんな人に本当にかわいい彼女がいるの？とすら疑ってしまいます。

まあそれはさておき、何をもって何もしてない、と言えるのか。つやつやの髪も、ふわっと香る良い香りも、綺麗な服も、ほんのり色づいた唇も、全部努力の結晶です。

実は、「何もしていないのに綺麗」と思わせるような服装やメイクのほうが、うわ、派手！と感じる服装やメイクより、お金も時間もかかりますよね。

かく言う私も、やっぱり好きな人には「元からかわいい」と思ってほしいから、「私はこんだけ努力をして、こんだけお金を使って、ここまで変わりました！」なんてプレゼンはしたことがないので、男性側が知らないのも無理はないんですけど。

でもね、**かわいさにはちゃんとそれなりの理由がある**し、**何もしないでいつでも綺麗なんて、ありえない**はずなんです。

だから努力している女性に対して「僕の彼女は何もしなくても綺麗ですよ」なんてわざわざ言うのは見当違いだし、空気読めてないし、その彼女もちゃんとなんかしてるし、どうせカラコンの見分け方だってナチュラルメイクとすっぴんの区別だってつかないんだからもう黙ってて！

女の子の髪がサラサラなのも、
良い香りがするのも、
体毛が生えてないのも、
体臭がしないのも、

肌が綺麗なのも、
かわいい格好をしてるのも、
全部自然現象じゃないからな！
すべて！金と！労力！の賜物！

1回の「ブス」は100回の「かわいい」をもってしても取り消せない

「ブス」って言葉の破壊力は相当大きくて、言われるだけで泣きたくなるし、苦しいし、死にたくなる。

一度でもブスだと貶《けな》してきた相手のことを、私は忘れないし、傷跡は消えないまま。

たとえ100回のかわいいで塗り重ねたって、上書きはできないから、なかったことにはならないし、ずっとずっと覚えている。

それくらい、本当に重い言葉なんですよ。

ある人は私に「あんなの冗談じゃん。まだ、気にしてたの？」と言ったけれど、「冗談じゃん」で、なかったことにしないで。私がその言葉で、どれだけの時間、どんな思いで苦しんできたかも知らないくせに。

傷つけるつもりはなかった？

でも私は傷ついた。

ブスという言葉に傷つけられ、苦しめられ、囚《とら》われている女の子は、私の他にもきっといるはず（もちろん男の子もね）。

人が生まれながらにして授かった顔について、これからも一緒に生きていかなければならない見た目のことについて、面と向かって否定するなんて本当にナンセンス。

ブスだと貶された時、私はこう思った。

「私だって好きでブスに生まれてきたわけじゃない」「やっぱり私の顔は醜いんだ」「お前も人のことを言える顔してない」「どうして私はブスなんだろう」「かわいく生まれたかった」「死にたい」

いろいろな負の感情がどわーっと溢《あふ》れてきて、泣きたくて、苦しくて、仕方がなかった。

人の容姿のことを平気で悪く言えるその神経、本当に醜いよ。

豚って言われたって
悲しんでる子に
「でも豚って
体脂肪率低いから
いいじゃん（笑）」

とか言う奴は
今日から全員豚な。
嬉しいでしょ?
体脂肪率低いし、
綺麗好きだし。

元カノよりも「昔好きだった女の子」の存在が怖い

ツイッターではよく、元カノ殺す族を目にする。

元カノが嫌い、怖い、憎い。そういう女の子って結構多いよね。

そういう私も決して元カノという存在は好きにはなれないし、やっぱり目障りだけど、しょせん彼女らは終わった女。そこまで気にしたりしない。だって、彼とずっと両想いだったら、うまくいっていたら、自分は「元」彼女にはならないでしょ。**今の彼女の私のほうが、今は、勝っているはず**だから。


けれど、「昔好きだった女の子」にはどうしても勝てる気がしない。はっきりと終わっていない淡い恋、綺麗なまま彼の中に残り続ける女の子、それがきっと「昔好きだった女の子」。

私は今までの彼氏全員とどんな形であれ、お別れを迎えてしまった。だから、今は、ここに1人。

彼氏と別れた瞬間、私の存在は「元カノ」になる。嫌いな元カノたちと同じ立場に降格してしまう。付き合った時点で、私はもう「好きだった女の子」みたいに綺麗な思い出としては残れないのだ。結婚するなら別だけど。

一番好きだった頃の思い出のまま、綺麗に彼の中に居座り続けるその子の存在が何より怖い。終わりがなかった分、いつその気持ちが再燃するかもわからないし。明日その子が目の前に現れたら？　彼と二人だけの思い出話で、私の知らない話で、盛り上がっていたら？　考えたくない、死ぬ。メンタルが、死ぬ。

そう考えると**元カノなんてスライム**だ。私たちを待ち受けるラスボスは「好きだった女の子」なのだ。

友達に彼氏の写真を
見せて貰ったものの
微妙すぎて何も褒めるところを
見つけられなかった女
「良い人そう！」

「彼氏が優しすぎて
元カノや幼馴染を突き放せない」
って言う子割と多いけど、違うよ逆だよ。
彼に本当に優しさがあるのなら、
あなたのために他の女は捨てるはず。

昔ブスいじりをしてきた男に「あれ本気にしてたの？（笑）」って言われて殺意がわいた

昔、ある男子にブスだと言われた。悔しくて、つらくて、苦しくて。ずっとずっと、ブスって言葉がまとわりついて、頭から離れなくて。

かわいくなりたくて。ブスだと言われるのが怖くて、思われるのも、怖くて。

だから死ぬほど努力した。

それを今になって「あれ本気にしてたの？（笑）」と言われた。

そんな、**「冗談だった」の一言で済まさないでよ。**あなたの言葉は私の心を深くえぐったのに、何年も、呪いのように苦しめたのに、その一言で済ませる気かよ。罪悪感も何も持たず、悪びれもせず、むしろ、まるで、許さないこちらが、いつまでも覚えているこちらが、しつこくてくだらないかのような。そんな風に感じた。

ブスという言葉は、重い。

自分ではどうしようもできないし、**私はこの顔で、今までも、これからも生きていかなければいけない**のに、それを否定されたら、もうどうしていいかわからないよ。

「冗談だったんだ、なら良かった♡」そう思えるほど私は強くないし、許したいと思えるほどあなたを好きになれない。

どんなに私が傷ついたかなんて、きっと、ほんの少しもわかっていないんだろうな。それを訴えたところでまた、

「まだそんなこと言ってるの？（笑）」

と言うんだろう。無理。私はまだ、許してないし、**許さないから。**

彼女持ちの男を略奪した？ 次捨てられるのは自分だよ

あなたの周りにもいる？　彼女がいる男の略奪を企てる女。

彼女がいない時は見向きもしなかったくせに、彼女ができたと知ったとたん無駄に絡むし、甘えるし、挙句の果てには「後悔してる」「もう遅いかな？」とか言い出す女。遅いだろ、どう考えても。

まあそういう女が正しいか正しくないか、好きか嫌いかはいったんおいておくとして（大嫌いだけどね）。

略奪する意味って何？　**その男、本当にほしいの？**　と、私は問いたい。

仮に、彼女から彼を奪えたとして……そいつ、彼女がいるくせに他の女を恋愛対象にしちゃうわ、見事にそっちに陥落するような男なんだよ？

晴れて略奪が成功して自分が彼女になれたとしよう。また似たような他の女が現れたら、絶対なんのためらいもなくそっちにいくよ、そいつは。

彼女を捨てて自分を選んでくれた男が次に捨てるのは、きっとあなただよ。そうやって手に入れた幸せなんて、自分も同じ道を辿《たど》って、壊れるんだよ。

彼女にはとても酷《ひど》いことをしているし、自分も幸せにはなれないし、**結局得してるのってその男だけ**だと思う。悔しくない？　嫌じゃない？　誰も幸せになれないよ。

彼女持ちの男を狙う女が本当にほしいのは、その男じゃなくて、彼女に勝ったという事実。彼女ではなく自分が選ばれたという優越感だと思う。嫌な女だな～。

好きな人の好きな人ってすぐわかるよね。
嫌な予感っていうか、
あ、あの子のこと好きなのかな?
ってうっすらと感じた時ってだいたい当たる。
つらい。

別れ話をされた時とか、
好きな人に彼女ができたと知った時特有の
あの頭が真っ白になる感じ
何やってても心から笑えない感じ
いつまでたっても慣れない。
私は、まだ、好きなのに。

両想い以外
自分が死ぬほど好きでも
どうしてもどうしても付き合いたくても
どんなに相手の存在が自分の中で大きいとしても
相手にとってはそんなの関係ないし、思いの強さ
だけで行動するのってすごく迷惑だよね。正直。
真剣だから、本気だから、なんてどうでも良い。
迷惑なんだよ、ただひたすら。

別れた後言ってるとダサいセリフランキング1位「てか今思えばそんな好きじゃなかったわ（笑）」

彼氏と別れた後に、悔しいのかなんなのか知らないけど「てか今思えばそんな好きじゃなかったわ」とか言い出す人いるけど、そういう人に限って付き合ってる時の惚気《のろけ》すごいし、インスタは彼氏で埋め尽くされてたし、付き合って10日記念日とかやっちゃうし、ラインの一言でいちいち彼氏へのメッセージを伝えようとするし、喧嘩した時の相談は長いししつこいし一方的だし、とにかく好きが溢れてた人ばっかり。

別れたとはいえ、好きになったのは自分だし付き合うことを選んだのも自分、**好きだったことをなかったことにはできないよ。**好きだった気持ちをきちんと認めている人のほうが格好良い。

好きだった人を否定すればするほど、惨《みじ》めな感じが半端じゃないというか、端的に言えばダサい。**もう終わったことなんだから、別に「ああ、あの時は好きだったね（完）」で良い**じゃない。今思えばそんなに好きじゃなかったとか、わざわざそんなアピールをしている時点で相手のことを心から消し去れていないし、関心ありすぎだし、ダサいよ本当に。

今は好きではなくなったｏｒなんらかの事情があったから別れてしまった。それがすべての答え。過去まで否定する必要なんてない。悔しいんだったら、元恋人のことなんてどうでも良くなるくらいの幸せを手に入れたうえで「ああ、そんな人もいたね。好きだったよ」と、**さらっと流すほうが100倍格好良い。**

元カレとの
ラインやメールが残っている人、
読み返してみてほしい。
死にたくなるから。クソキモいから。
正気か？自分ってなる。
人の失敗が許せる。
優しくなれるよ、世界に。

好きじゃなくても
口ではどうとでも言えるけど、
行動は好きじゃないと起こせない。
だから動いて、私のために。

彼氏の元カノが
かわいくても嫌だけど
かといってブスでも嫌だし、
そもそも元カノなんて
いなくていいけど、

いないならいないで
この人何かあるのでは…？って
不安になるし
もう明日石油王が
迎えにこないかな。

ブスにも平等に優しい男だいたい美人な彼女がいる

いるいる。なんでこいつこんなに人間できてんのっていうレベルで、ブスにも美人にも全く態度を変えない男。

面白い中に優しさがあって、真面目すぎないんだけどきちんと正義感はあって。ブスのこともちゃんと気遣ってくれる。この人素敵だな、って本当に思えるような男性。

周りの男性がブスを見下したり悪く言ったりする中、「そういうのやめろよ」とか、計算なしで素直に言えてしまう人。人間的な軸が、モラルが、しっかりしている人。

私が入社試験の面接官だったらこういう人間を採用したい、面接官じゃないけど。

そういう人の人間性の良さというか、器の大きさというか、余裕というか。どこから来てるんだろう？

彼女がね、美人なんだよ。いや、マジで。めっちゃかわいくて、しかも優しくて人間的にできた彼女がいる。

そういう人は馬鹿みたいにモテるので、彼女候補も死ぬほどいるだろうし、どうせ付き合うならブスより美人が良いだろうし。性格の良い美人って多いし。

顔がすべてではないにしても、**性格の良いブスと、性格の良い美人だったら、誰だって顔が綺麗なほうが良いよね。**

そんな彼女がいたら、死ぬほど幸せだろうし、ブスにも優しい心の一つや二つ、おすそわけすることなんてそう難しいことでもない気もする。

結論。いいな！　美人！

「キャバクラは高いから行かない」んじゃなくて、嘘でもいいから「お前にしか興味ない」って言ってほしい

彼氏にはキャバクラや風俗には行ってほしくない、絶対に。

それは前提として、たとえ行ってなくても「キャバとか風俗って高いじゃん。金払って女の子と遊ぶなんてバカみたい」だとか、そんなセリフも言われたくない。**まるで、私とならお金を払わずに好きなことができるから節約できてお得！　みたいな言い方だ。**

私にしか興味がないから、たとえ無料でもキャバクラや風俗の女の子と遊びたいなんて思わないから、だから、キャバや風俗には行かない、と言ってほしい。嘘でもいいから。

現実として、たくさんの女の子と遊びたい男性が多いことは知っている。キャバクラや風俗の料金が決して安くないことも。きっと、

値段を理由に、そういった場所に行かない男性も一定数いるだろう。一緒にお酒を飲むのも、まあ、いわゆるそういうことをするのも、彼女とならタダだし。かかってホテル代や飲食代くらいだし。風俗行くのは馬鹿らしいと考える男性がいるのも、何も不思議ではない。だけど、彼女側としては、それが理由ってものすごく悲しい。

風俗にも、キャバクラにも彼女が一番好きだから他の女性は眼中にないから、そういう理由で、行かないでほしい。

この際嘘でもいいから、とにかくそう言ってほしい！「お前が一番かわいいし、お前以外に興味はないから」って。

「風俗は高いから嫌だな」

とかそんなけち臭い理由で、私を選ばないでほしい。

デート中、割とプチプラ寄りの服やコスメを見て

「うわっ、高っ」

とか

「女の人ってお金かかるねｗ」

「化粧品とか正直良いの買う意味あんの？」

とか言われるとちょっとげんなりするの私だけ？

相手から猛アタックされて付き合った時って

心のどこかで「付き合ってあげた」

「相手はめちゃくちゃ自分のことが好き」

と思ってしまっているけど

相手からしたら付き合えた時点で好きのバランス

は対等だから、そのズレは付き合っていくうちに

少しずつ少しずつヒビが入ってきて

最終的に砕け散るよね。

別に割り勘で良いし

奢《おご》りたくないなら奢らなきゃ良いと思うけど

その場では

「いいよ。俺が出すよ」って見栄張ってたくせに

相手が自分の思い通りにならなかったら急に

「金目当て女！」

「貢《みつ》がされた！」

って喚《わめ》いてるのすごくダサい。

自分がいながら彼氏に他の女を褒められるのほど惨めなことってない

やたらと他の女の子を褒める元カレがいた。

「さっきすれ違った人かわいかった」

「○○ちゃん（共通の知り合い）がインスタに投稿してた写真かわいい」

そう言われるたび、私は胸が苦しくて、**どうして私が目の前にいるのに、他の女の子を褒めるんだろう、**わざと言っているんだろうか、そんな話聞きたくないのに、と泣きそうになっていた。

惨めなんだよ、本当に。

あなたのために、どんな服を着ようかな、メイクはこうしようかな、新しいカラコンは似合っているかな、なんて、考えて考えて、それはすべて、あなたに一番かわいいと思われたかったからで。

ベストを尽くしてきたのに、精一杯化粧してきたのに、どうして偶然目に入った女の子を褒めるの？　他の女友達を褒めるの？　**あっちがいいと思うなら、その子と付き合えばいいじゃない。**もしかして、かわいい子には相手にされないから、仕方なく妥協で私と付き合っているの？　そう思ってしまうのが嫌だった。

こういう話をすると

「彼女は見た目だけで選ばないでしょ」

と言ってくる奴がいる。

でもそうじゃないんだよ。見た目だけで選ばなかった結果が私で、見た目だけで選ぶとしたら他にもっと付き合いたい子がいたっていうその事実が惨めだって言ってるの。結局、つらすぎて私からお別れしたけど、別れ際に言われたのが「彼女なんだから一番かわいいのは当たり前じゃん。それくらい察してほしかった」だった。

察せるわけないだろ、バカ。

打算なしの恋なんてもうありえなくて今や選別作業と化してる

小学生とか中学生の頃は、○○君が優しいから、とか、面白いからとか、ただそれだけで人を好きになることができて、そこには打算なんて1ミリもなかった。

席替えの時に近くの席になれたらそれだけで嬉しかったし、一緒のクラスになれなかったら悲しかったし、ただ、純粋に好きだった。他の女の子と楽しそうに話しているところを見ると不安で、私ももっと話しかけたいな、今日はあんまり話せなかったな、なんて落ち込んだりして。

だけど今は、この人なら大事にしてくれそうだとか、浮気をしなそうだとか、年収がどうだとか、借金がないとか、将来はどうだとか、どこに住んでいるかとか、そういう**「条件」でまず恋愛対象を絞ってしまう。**この人となら安心して、安定した恋ができそうだな、と思ってから、好きになろうとして、わざと、好きになる。

もう選別作業だよね、より良い条件の彼氏を探すための。相手も相手で、昔私のことを好きになってくれた男の子はきっと、私のことを純粋に好きになってくれたと思うんだけど、今近づいてくる男性には下心が透けて見える。

純粋な恋がしてみたいけど、純粋さだけで生きていたら、悪い人に利用されて、騙されて、捨てられるのが大人の世界。純粋さだけでは幸せにはなれない。

騙されてるのも、利用されるのも嫌だから、下心を見抜くことにも気を配って、自分の定めた条件をクリアしているかどうかも気にして、これって恋なんでしょうか。

一言喋れただけでただ嬉しくて、家に帰ってにやついていたあの頃に、もう一度、戻ってみたい。

彼氏がほしいってよりは、
自分のことを一番好きだと、
必要だと、かわいいと
言ってくれる人が
ほしいのかもしれない。

大事にされたい、
愛されたい、
褒めてほしい、
認めてほしい、
価値がほしい。
結局私はそれだけなんだよな。

セフレが彼女になれるかどうかではなく その男がセフレを作るような 人間だってところが一番の問題点

「セフレは彼女になれない」「セフレから彼女になる方法」「セフレから本命ルートはありえるのか」

もう、何百回と耳にした話題。どれが正解なんだろう。まあどうでもいいや、正直。

だって、私にとっては、彼女になれるかどうか、本命に昇格できるかどうかなんて大して重要じゃないから。

問題なのは、相手の男がセフレを作るような人間だ、というところだ。

運よく彼女枠に昇格できたとして、彼の中の「セフレ枠」は消えるはずもない。**あなたがセフレ枠から抜けたなら、他の誰かで空い**

たセフレ枠を埋めようとするはずだ。

女の子が自分へ好意を持っていると知っていながら、あいまいな関係で都合よく利用するような男が、セフレを彼女にする時って、彼女にしないとやばいな、と思ったとき、が正解じゃないかな。私だったらそう思う。最低だけど。

彼女にしないとこの子はそろそろ俺を見限るな、逃げるだろうな、他の男に行ってしまうだろうな、そうしたら都合の良い存在がいなくなっちゃうし、それは嫌だな、だったら彼女にでもしておくか。

そんなもんなんじゃないかな、実際のところ。

私は、セフレを作る男のことを、そういう偏見たっぷりの目で見ている。

彼女になれようがなれまいが、そんなことよりも、幸せになるのはもっともっと難しいんだから。**もっと良い男はいっぱいいるよ、日本広いもん。**

「女子力高いね」
じゃなくて
「かわいいね」「綺麗だね」
って言われたいし
「全然太ってないよ！」
じゃなくて
「細いね」「スタイルいいね」
って言われたい。

「好きじゃなかったら誘ってないでしょ」
とか
「つまんないと思ってたら一緒にいないでしょ」
とかそういう回りくどい言い方されるの
本当に嫌い。
好きなら好き、楽しいなら楽しい、って
普通に言ってほしい。

メイクや髪型、服装なんて、正直男性にとっては
どうでも良いのかもしれないけど
「似合ってればなんでもいいよ」
と言われるよりも
「これが似合うと思う！ この髪型が好き！
こんな服着てほしい」
って言われるほうが100倍は嬉しい。

嫉妬深い男性とは、自分だけを見てくれて、興味を持ってくれて、愛してくれる人のこと

元カレにめちゃくちゃ嫉妬深い男がいて、私がツイッターで他の男の人のリプライに返信しただけで、2週間音信不通になった。

私には私の人間関係があるのに。

デート中、ラインの通知音がしただけで「もう帰ろっか」と言われたこともあった。「(俺の機嫌を損ねたくないなら) ブロックとかすればいいんじゃない?」と言われて、そこで冷めて別れたけど。

別れを告げた瞬間にブロックされて、アイコンとホーム画面を残虐な画像にしていて怖かったのと同時に、アピールがダサいなと思った。

そういう嫉妬深さは全くもって求めてない。

外出先からいちいち写真を送らなきゃいけないとか、身の回りの男性を全員ブロックしなきゃいけないとか、無理じゃん。常識的に考えてさ。お前を中心に私の世界は回ってないし。

そうじゃなくて、私以外の女の子に目移りしなくて、私のことを一番かわいいと思ってくれて、そう言ってくれて、愛してくれて、**「○○はかわいいから取られそうで心配」とか、そういう嫉妬なら全然してほしい。**こんな人なかなかいないけどね。あくまで理想だよ、理想。

それを勘違いして、半分DVみたいなことを彼女にはたらいて、幻滅されて、怖がられて、「あいつが嫉妬深い人好きって言ったのに！」と激怒する男性を時々見かけるけど、お前が本当に愛していたのは彼女ではなくて自分だろ。

ズレていたんだよ、二人は、はじめから。

Chapter 3

この世を呪っておきながら誰かに必要とされたい矛盾

人間関係がうまくいけば人生大抵は楽しいしうまくいかないと地獄

あー、つまんないな、だるいな、嫌だな、って思う時ってだいたい、あまり好きではない人たちに囲まれている時。

嫌いな授業も好きな友達が隣にいたら割と楽しいし、好きな仕事も、嫌いな人に嫌味を言われながらだとしんどい。

やっていることの内容ももちろん大事だけど、何より大事なのって人間関係だと思う。人間関係が行き詰まっている時って苦しくてしんどくて、外に出たくなくなる。明日が来るのが、月曜日が来るのが憂鬱《ゆううつ》で、夜が深まってもまだ寝たくないと思ってしまう。

逆もまた然《しか》り、退屈な待ち時間も、つまらない単純作業も、気の合う人がそばにいるとそれだけで時間がたつのが早い。

人間関係って本当に難しくて、心当たりが何もなくて、時には心当たりどころか本当になんの理由もないのにただなんとなく嫌われてしまったり、嫌いではないけれどどうしても合わない人と一緒に行動しなければならない状況だったり。はたまた、最初は仲が良かったのに、ささいなきっかけでぎくしゃくしたり。

人ってそんなに強くないから、やっぱり嫌われたら苦しいし、苦手な人がいると憂鬱だし、人目はどうしても気になるし。好きな人だけ、好きなとこだけ見ていられたら、すごく楽なんだけどね。

しんどい時って、実は、人間関係のストレスが大きいからかもしれないよ。

好きな人とじゃないと一日遊び倒すプランを送ってこられてもただただ苦痛

真剣に好意を寄せてくれている男性がいる。

悪い人ではないのはわかるんだけど、なんか無理と感じてしまう。

こういう人って、たいがい**自分の気持ちだけで行動してくる**人だったりする。相手を喜ばせたい、そして好きになってほしい。一緒にいて楽しいから、相手にも楽しいと思ってほしい。こんなに相手のことを考えているんだから、良いだろう。

確かに、動機は悪くない。だけどそういう人って、自分の思いが相手に負担をかけるかどうかまで、考えてない。

自分は相手が好き→でもまだ相手は自分を恋愛対象として見ていない→だったらデートして好きになってもらえばいい。こんな思考。

女性側からしたら、**恋愛対象として見られない相手とデートなんてしたくない、する意味がない、**というのが本音。

それなのにそういう男性に限って、一方的に盛り上がって一日遊び倒すプランを送ってくる。わざわざ「俺高い店予約するよ」ってアピールしてきたり……。好きな人とでないと、そんなデートコースただただ苦痛なのに、マジで。

朝はカフェでモーニング↓公園で散歩↓キャッチボール↓映画↓夜景の見えるレストランでディナー↓ホテル、みたいなさ。

あとは某夢の国とかね。もはや労働だから、それ。

勝手に好きになられて、一方的に迫られて、告白されて、お断りして、嫌われて、悪口言われて。

この一連の流れ、経験してる人は多いと思うんだけど、本当に自分勝手だよね。

好きになってくれなんて一言も頼んでないし望んでないのに、
思い通りにならなかったら
憎しみの対象に変えるなんて。
好かれない原因は
すべて自分にあるのにね。

好きな人とご飯→嬉しい、楽しい、奢ってくれようとする気持ちが嬉しい。
好きな人と割り勘→正直嬉しくはないけど楽しいので問題ない。
好きではない人とご飯→奢りでも行きたくない。
好きではない人と割り勘→お金を払って精神的な苦痛を受ける罰ゲーム。

俺のこと好きか嫌いかに分けたらどっち？
って質問、正直好きにも嫌いにもならないほど
どうでも良いけど、
その質問がうざいので嫌いです。

「何が悪いの」?って聞かれると難しいけど、
好意があるかもわからない相手に対して
一方的に盛り上がって一日遊び倒すプランを立てちゃうとことか、
わざわざ「俺高い店予約するよ」ってアピールするとことか…
キャッチボールとかドライブは、本当に好きな人とじゃなきゃただただ苦痛なのに。

義務的な友達との付き合いって楽しいはずなのに後で虚しくなる

同時並行で多くのことにエネルギーを注げるような器用な人間ではないので、何か他にやらなきゃいけないことがある時、大きな課題がある時ってそれだけに集中したいというか、他のことが煩《わずら》わしくなってしまう。

大好きな友達からの「いつ遊べる？」の連絡でさえ、返すのがおっくうになってしまう。

だけど、**毎回毎回断っていると、だんだん誘われなくなるのが怖い。**毎回断られたら、きっとこの人自分のこと好きじゃないのかな、って察するし。そうしたら、どんどん友達が少なくなって、疎遠になって、**一人ぼっちになってしまう気がして、**それが嫌で、だから遊ぶ。そういうことが結構ある。

本当はあまり乗り気じゃないけど、ずっと誘われる存在でありたいから、出かけていく。話す、笑う、食べる。

もちろん、いざ会えば、その人のことは好きなので、楽しいし、やっぱり友達で良かったなと思うし、これからも友達でいたいとは思う。

その一方で、どうしても疲れてしまう自分がいて、家に帰ってくる頃にはエネルギーが尽き、なんだか虚しくなる。相手がせっかく誘ってくれたのに、こんな風に考えてしまう自分も嫌で、それに対してのストレスもあって、遊び以外にやるべきことも山積みでってなると、もう、わかんないよ。

なんのために、何がしたいのか、わからない。

義務的に人と会って、遊びなのに義務的で、義務的な日々のタスクに追われて。**義務感だけで、生きている時がある。**もっと余裕がほしいな。

1人で行動する孤独より グループの中にいながら感じる 疎外感のほうがよっぽどつらい

私は割と、1人でも大丈夫なほう。服とか買い物はほとんど1人で行くよ、納得いくまで見たいので。そういう意味でのおひとり様、単独行動は全然つらくないし、**むしろ1人って楽でいいな、自分のペースで行動できるって好きだな**って思うんだけど、グループの中にいながらの疎外感は、きつい。本当に、きつい。

別にいじめられているとか、ハブられているとかいうわけではなく、でもなんとなく他の人たちが仲良しなのはわかってて、私には時々気を使って話題を振ってくれて、みたいなそういう疎外感が死ぬほどつらい。グループの中の温度差が、骨に沁みる。いっそここから離れてしまったほうが楽なんだろうなとすら思う。

だけど、**一度入ってしまったグループってなかなか抜けづらい**というか、そもそも「私たちグループになりましょ♡」と宣言して仲良くなったわけではないので、「私、明日から抜けまーす」なんて言って縁を切るのもおかしいし。この場に本当は求められていないな、この人たちとは合わないな、と感じていながらも、一緒に居続けるもどかしさ。

そして、**グループ内に自分のことを嫌っている人が1人でもいるとこれがまたしんどい。**他の人のことは好きでも、そのたった1人からの一言が、視線が、怖くて痛い。

昔、ある女の子が私と全く目を合わせてくれなかったことがある。4人グループなのに「この作業、3人で分担してやろう」とわざわざ私の前で他の2人に持ち掛けたりして。おひとり様は平気でも、数人＋1人の、1人のほうになるのは平気じゃなかった。よく泣いてたな、あの頃は。

何人かの女で写真撮る時
「○○ちゃんはかわいいんだから
真ん中行きなよ！」
とか言い出す女、
○○ちゃん以外を殺してるのわかってんのかな。

ブスの皆！ 写真では遠慮の気持ちと目立ちたくないのとで端に行きがちだと思うけど、それ自殺行為だよ。

写真は端に行けば行くほど歪むのでブスこそ真ん中を確保するべき。

死ぬ気で行け！ 勝ち取れ！ そして目を見開いてやや角度を付け少しでもかわいく写るんだ！ 最後まで足《あ》掻《が》け諦めるな！ 美人は譲れ。

努力してないブスがかわいい子のことを

「でもアイプチだよ」「でもカラコンだよ」

「でも卒アルやばいよ」「でも陰キャだったよ」

「でも整形だよ」「でもデブだったよ」

って、でもでもでもって一生懸命否定してても

「あなたそれより先に自分の顔心配したほうが良いよ」

としか思わない。

友達がブスに写ってても容赦なく載せるインスタ女子は単に自分の顔しか見てないだけ

おそらく多くの人が、写りの悪い写真を勝手にインスタ女子にアップされた経験があるのでは？

腹立つよね、あれ。自分さえ良ければこちらの顔が歪《ゆが》んでいようが、二重あごになっていようが、半目だろうが、どうでもいいんだ。しかも自分だけ加工するしさ。こっちの顔だけでかいまま、目は小さいまま。

昔は、そういう投稿を見て、

「うわ、友達がブスに写っている写真をわざと使って引き立て役にしてる…」

と思って見てたけど、どうもそれは少し違うということに気が付いた。

その子は単にその写真の自分の顔を、とても気に入っただけの話だと。自分の一番写りの良い写真を探すのに必死で、少しでもかわいく見せようと、ちやほやされようと、「いいね！」を稼ごうと必死で、すぐ隣の友達の顔なんて少しも眼中にないし、見たところで「ま、こんなもんでしょ」って感じなんじゃなかろうか。自分の顔は、めちゃくちゃ盛れてるプリですら「この私顔やばい！　ブス！」とか言うんだけどね、きっと。

結局、どこまでも自己中心的。自分さえかわいければ、他人はどうでもいい。他人にはとことん無関心、かわいい食べ物も、動物も、友達も、結局自分が「いいね！」を稼ぐための道具に過ぎない。

確かにインスタは楽しいし、かわいく写りたいけど、そこまで囚われたくないし、依存したくないと思う。

「いいね！」と引き換えに何か大切なものを失っている気がしてならない。

口下手なのでコミュ力高い面白い人って本当に尊敬する

コミュニケーション能力の高い人って本当にうらやましい。口下手な人間なので、自分で話していながら、ああ私の話つまらないな、というのがわかってしまう。だからといって、面白いこと言ってやるぞ！と構えて話すと、言わなくても良かった余計なことを口にしてしまったり、盛大に滑ったり、誰かを傷つけてしまったり。

とっさに面白いことが、言えない。こう言ったら相手はどう思うだろう、この話はどう受け取られるだろう、こう切り返したら相手は笑ってくれるだろうか。そんなことをぐるぐるぐるぐる考えているうちに、何が正解かわからなくなって、何も面白くない、無難な反応をしてしまう。**申し訳ない気持ちを抱きながら、この人絶対私**

のことをつまらないと思ってるだろうな、と日々反省会。

一方で、どんな話も面白く返してしまう、頭の回転の速い人もいる。私は、ずっと、その能力がどんなに努力しても私には手に入らないと知っているから、余計うらやましくて。

誰とでもすぐに仲良くなれて、つまらない話も面白い話に変えることができて、いつも輪の中心にいて、愛されて。これって努力でどうにかなるものじゃなくない？

いや、きっといるんだ、本当は喋りが得意ではないんだろうけど、努力して騒いでいる人。でもすぐにわかっちゃう、そういう人って。根っからのコミュ力お化け人間の純粋な面白さと、面白いことを言ってやろう、目立ってやろうと、でしゃばる人間の肌寒さって一目でわかる。わかってしまって、イタい。

きっと私が面白さを目指したら、行きつく場所はそこだから、そこを目指しはしないと決めている。だからこそ、私は天性のコミュ力マックス人間を尊敬してる。

ブスだからネガティブになるのに ネガティブなブスほど 嫌われるものってないから世の中クソ

美人も、普通も、ブスも山ほどいるこの世の中で、よりによってブスとして生まれついてしまった私。「ブスなんだから性格くらい良くしろ」「ブスはせめて話が面白くないと」と、世間はブスに無理難題を求めてくる。わかってる、わかってる。顔によるマイナスを能力や性格でカバーしろって話でしょ。

ブスなのにネガティブ、じゃなくてブスだから、ネガティブ。まず、鏡を見たらネガティブな感情がわいてくるし、かわいいあの子みたいにキラキラできない自分に毎回失望。ほら、またネガティブ。

私だって本当は明るく、優しく、面白く生きていけたらと思うけれど、世間がブスに優しくない。卑屈《ひくつ》になるような、じめじめするような経験を、ブスはたくさん積み重ねながら生きている。キラキラした世界に憧れて、かわいいものに恋い焦《こ》がれて、けれどそれを表に出したら馬鹿にされて笑われるんじゃないかって。自分を抑えて生きてきた人って多いはず。

ブスに求められるものはとても多いけれど、与えられてきたものは少ない。そんな環境の中で、**ポジティブに愛される性格を身につけるのってそう簡単な話じゃない。**というか私にはできなかった。

一方で、ネガティブなブスって絶対に関わりたくないタイプの人間だとも思う。だってほら、顔がアレなうえに、性格もアレって良いところないじゃない。ネガティブな美人ですら「メンヘラ」と敬遠されがちなのに。客観的に見たらネガティブなブスほど嫌われるものってないよね。書いてて死にたくなるよ、本当。

私はブスな自分が一番嫌いだけど、ネガティブなブスが嫌われるこんなクソな世の中も同じくらい嫌いなのかもしれない。

「つらい」とか「苦しい」とか「自分はデブだ」とか
「ブスだ」とか弱音を吐くとすぐ
「もっとつらい人もいますよ」とか
「もっとデブな人に失礼だと思わないんですか?」
とか言われるけど他人のことなんか関係ないんだよ
私は私の世界で生きてるんだから私がつらいと感じたらつらいの、周りはどうでも良い。

よく挨拶代わりに奥さんや彼女のことを
「何もできないから笑」

「ブスだから笑」

と下げて回る人がいるけど、

「俺の彼女かわいいから!」

「本当にいつも支えてもらってるんですよ」

って褒めてあげてる男性のほうが
よっぽど印象が良いよね。逆もまた然り。

どんなささいなことだって、くだらないことだって、
つらいと感じてしまうものはつらいし、
嫌だと感じたら嫌だし、
苦しいと感じたら苦しいよね。
感じることまでコントロールできないよ。

特に誰かを必要とはしてないのに
誰かに特に必要とされたい。
1番になりたい。
2番ならいいや。いらない。

「もっと自分を大事にしなよ」
ってよく言われるけど、
したいけど、
わがままが許されるのなら、
自分で自分を大事にするより
誰かに大事にされたい。

「陰でいろいろ言うくらいなら直接言えば良くない？」とか言う陰口

いや、どうして「陰口より直接言え派」の人はあんなにドヤ顔なんだ。陰で言おうと直接言おうと、悪口は悪口だし、どっちも威張れたものではないでしょうに。

そもそも「陰でいろいろ言うくらいなら直接言えば良くない？」って言ってくる人が指してるのは、その場にいない人のことでしょ。**お前のそれも陰口じゃん。**

というか、陰で言うことの何がそこまで悪いのか、私にはわからない。だって直接言われるほうが嫌じゃない？　困らない？　直接お前のことが嫌いだと伝えられても、どんな顔をすれば良いかわからないし、そこを直せば好いてくれるとかそんな単純な話でもないだろうし。その後、その人とどう付き合っていけば良いかもわからないし。

陰口を言うくらいなら直接言え派の人は、直接言われなかったことに怒っているんじゃないと思う。「悪口を言われた」その事実が悔しくて、憎くて、傷ついただけ。悪口なんて言われたくないもん、ショックだもん。でも、怒るのは格好悪いから、**論点をすり替えて「陰口を言う奴はダサい」と相手を批判しているんだ。**直接言われたら言われたで怒るでしょ、そういう人は。

この議論で誰が一番悪いかって、陰口を言われた人に「あなた悪口言われてるよ」ってわざわざご丁寧に伝える人間だよ。陰口を言った人もあえて陰で言ったのに、それを本人に伝えるなんて人としてどうかと思う。言われたほうだって、知らなければ幸せだったのに、知ったから傷つくし、もやもやするし、言った相手が憎くなる。

身に覚えのある人、トラブルメーカーだからやめてください、マジで。

女同士でトラブってる時
「なんでみんな、
仲良くできないのかな？
ドロドロしても
良いことないのに」

みたいなことを
なぜか周りの男に言い出す
部外者の女が一番やばい。
間違いない。

見た目関係なしにモテる女は嘘がうまい女

モテる性格って何なんだろうって考えたの。良い子？　優しい子？　面白い子？　どれも正解なような気もするし、だけど少し違う気もした。なんだかどうもしっくりこない。

唯一、スッと腑に落ちたのが、「嘘がうまい女」。

全く面白くもなければ興味も湧かない自慢話を、キラキラお目々のニコニコ顔で本当に楽しそうに聞いてあげたり、ほしくもないプレゼントに「これほしかったの！！！　ありがとう！」と心の底から言っているように見せかけることができたり、いらいらした感情をグッと抑えて「いつもありがとう。大好きだよ」って言えたり。そういう類《たぐい》の嘘のこと。

本当は死ぬほどラーメンが食べたい日に彼がイタリアンを予約していたとして、ラーメンを切に求める胃の口に蓋をして、「今日ずっとイタリアン食べたいと思ってたの。なんでわかったの？　もしかして私の心、読めるの？」とか首を傾げながら言えちゃう女の子は、やっぱりかわいいよね。

嘘がうまくて、意地をはらない女の子はモテるよ。文句を言いたい気持ちをこらえて、代わりに感謝や褒め言葉を贈ることができる人。私なんかはかわいくないので、つい相手を論破しようとしたり、お前そこまで大したことないぞってわからせようとしたりしたくなっちゃうんだけど。

プライドが高くても、素直じゃなくても、性格が悪くても、嘘をつく能力さえ高ければ、ただ素直で優しい女の子を演出することさえできれば、ある程度モテるのは割と簡単なはずだ。

まあ、**自分の好きな人に好きになってもらうのは、一筋縄ではいかないのがもどかしいところなんだけども。**

人の物がほしくなる女、
いるよね。

あの手のタイプの女に
惚気話や恋愛相談をしたが最後
どんな手を使ってでも

彼に近づき、擦り寄り、
パクッと食べてしまいます。
その割に奪った男は
大事にしないし、
最悪だよ本当に。

好きな人が少なすぎるのは周りじゃなくて自分の性格の問題なんだろうな

苦手な人がめちゃくちゃ多い。最初からうわ、この人無理……ってなることもあるし、良い人だと思って仲良くしていくうちに、だんだんその人の嫌な部分とか、怖い部分が見えてきて、最終的に好きな人は本当にごく一部に減ってしまう。

きっと、絶対、私にも嫌な部分や怖い部分がたくさんあるはずなのに、自分のことは棚に上げて、人の裏を見て怖いと感じてしまう。

例えば、なんでも親身になって聞いてくれて、話が面白くて、一緒にいると本当に楽しいAちゃんという友達がいたとする。

私はAちゃんが大好きで、相談にもたくさん乗ってもらっていて、私の深い部分の、他の人にはしないような話も、Aちゃんにはよくしていた。

それをなぜかBちゃんが知っている。「あっ、Aちゃん、喋っちゃったんだ…」と気付いた瞬間にスーッと気持ちが冷めていく。あるいはAちゃんが「あなたのためだから言うけど、Bちゃんがあなたのことを悪く言っていたよ」と話してきた。私はこの時点で、ああBちゃんには、私が悪口を言っていたよって伝えてるのかな、と恐怖に陥ってしまう。

あっ、無理かも…って一度思っちゃうと、その人の何気ない行動や発言に過敏に反応してしまって、苦手意識が強くなる。

それは私の悪い部分だと思うし、本当に問題があるのは、相手ではなくて私のほうなんだろうなとも思う。

そういうのを全部消して、**その人の好きなところ、良い部分、楽しかった思い出を大事にしていけたら今よりずっと生きやすくなる**し、自分も相手も好きになれるはず。頑張ろう、私。

悪意が好意に変わることは
稀だけど
好意って本当に簡単に
悪意や憎しみに変わるよね。
人からの好意って
ありがたいけど、怖い。

好きになったほうが良い人ほど
好きになれないし、
好きにならないほうが良い人ほど
好きになっちゃうよね、
そんなもんだよ。

モテなくても、せめて良好な人間関係を築くには清潔感がキモ

清潔感、これ、めちゃくちゃ大切。

もちろん、顔立ちは整っていれば整っているほど良いに決まっているけれど、こと人間関係においては、顔立ちの良さよりも、清潔感の有無のほうがよっぽど大事だ。

テレビを見ていても、売れている役者さんや芸能人って、だいたい清潔感に満ちている。三枚目役にも、お笑い芸人にも、清潔感はきちんとある。

逆に一般人が登場した時、少しの違和感や、さらに言えば不快な印象を感じることがあったりもする。**顔面偏差値的には、そこまで変わらないかもしれないけれど、何かが決定的に違う。それこそが**

清潔感だと思う。

似合う服や髪型を選んでいるか、口の周りが汚れていないか、眉毛やひげ、歯の手入れがきちんとされているか、肌がてかっていないか、とかそういうところ。

やり手のビジネスマンだとか、クラスの人気者だとか、そういった人たち皆がイケメンや美人というわけではないけど、必ずと言っていいほど清潔感がある。

「どうせイケメンなら許すんだろ」とまるで自分がイケメンではないからすべてがうまくいかないかのような物言いをする男性へ。

自分がイケメンではないことは理解していても、自分に清潔感がないことに対しては全く自覚がないのでは。

清潔感さえ身につければ、人生イージーとまでは言いませんが、ハードモードからは脱しやすくなるんじゃないかな。

別れようとしたのに相手が急に近づいてきたら心を鬼にすべき

別れが近づいているのがわかると、急に焦って優しくなったり、すがり付いてきたりする人がいる。

あれ、この言葉が本当だとしたら、これから変わってくれるなら、幸せになれるのかな、今度こそ大事にしてくれるのかな、そう思ったりしてしまう。

だけど本当に優しい人なら、自分のことを好きだったのなら、今までもそうしてくれていたはずだ。**焦りからくる優しさなんて一時的なもの。**数か月もすればまた放置され、裏切られる。

人間って、そう簡単には変わらない。というか、たかだか数か月～数年付き合っただけの人間が、その人が今まで何十年もかけて形成してきた人格を変えられるほうがおかしいと思わない？

　どうして離れてくれないのかって、擦り寄ってくるのかって、ただちょっと惜しいからだよね。手放すには、まだ惜しい。

まだ、自分の手元に、操りやすい場所に、置いておきたい。どうせちょっと優しくすれば、口から出まかせで愛の言葉をささやけば、あいつなんてちょろい。そう思っているんだ。

もうね、一回別れようって、離れたいって思ったなら別れる。別れようと思うような出来事や原因があるなら、それはきっと根深いもので、今後も変わらないし、信じたい言葉だけ聞いて、見たいものだけ見て、苦しいことからは逃げて、それもありかもしれないけど、ごまかしてごまかして、ごまかし続けても結局いつかは終わる。

絶対に、終わりはくる。

　ごまかす期間なんて短いほうが良いに決まっているし、前に進むためには、心を鬼にして、もう、終わらせよう。

女のかわいいにはお世辞が入るし
親のかわいいには贔屓《ひいき》目が入るし
男のかわいいには下心が入るし
信じられるかわいいはどこ？
もうなんでも良いから
褒めて、愛して、肯定して。

傷ついてるところに
「めちゃくちゃかわいいからね」「本当に心配」
とか気にかけてくる男性、誰にでも言ってる。
傷心の女の子に付け入る奴は
残念ながら結構多いです。
てか私が飢えてたら真っ先に狙う、失恋後とか。
言葉だけに騙されないで。

Chapter

4

私より
幸せそうな美人が
腐るほどいる
この世界で

かわいい顔が無理なら
せめて自分をかわいいと思える
強靭なメンタルがほしかった

一番ほしいのはかわいい顔だけど、私には、無理だった。かわいい顔もないうえに、自信もない。悲しいことに、私は自分のブスさに気が付いてしまった、ずっと前に。

だけど、**私の周りの人たちだって、皆が皆、かわいいわけじゃないんだよね。**たぶん、この本を読んでくれている人の周りもそうだと思う。

そうなんだけど、割と皆、自慢してきたり、自撮りをストーリーにあげまくったり、結構自分に自信がある人が多かったりする。私はそれを、ちょっと嫌だな、とか、面白いな、と思っているのと同時に、うらやましくも思っている。**自分をかわいいと思えるメンタ**

ルがあれば、きっと私も、こんなに苦しむことはなかったと思う。

だって、かわいい人と、かわいくないけれど自分をかわいいと思っている人、外見は全く違うけど、考え方はだいたい同じなわけで、本人視点では、生きている世界も、周りの対応も美人の生きる世界と一緒なわけでしょ。それってもはや、美人の人生とそう変わらない気がする。それって本当に幸せなことだ。強いよ、あなたたちは。

綺麗な容姿を手にすることができているのって世の中のごく一部で、人生ガチャ1回で引き当てるのは、かなり難しいと思うんだ。だったら、メンタルでいいや。それならもう少し、ハードルも下がるでしょ？ってそう思うんだけど、それすらも、引けなかったんだよな。

私はかわいい、私はかわいい。

私？　かわいい。かわいいんですよ、本当は。私って。

書いていて、むなしい。やっぱり私は、かわいくない。

卒アルを眺めて規格外のブスさに死にたくなった

「規格外」って単語を、もしかしたら人生で初めて使ったかもしれない。ただ、**自分の卒業アルバムを見て思ったの、とんでもないブスだって。これはブスの域を超えている、って。**鏡の中の私はあれの100倍はマシな気がする、いや鏡でもそこそこブスなんだけど。だけどそれにしたってあの卒アルはない。それくらい卒アルの顔を受け入れられない。ああ、なんて醜いんだ。

きっとこれは卒アルだから。卒業アルって写りが悪いのがデフォルトだから。そう信じてみようとするけど、綺麗な芸能人の卒アル写真はやっぱり綺麗だし、芸能人でなくてもかわいい友達はかわいいし、普通の友達もいつも通りに写っているし、きっと私もこのまんま。卒アルにはそのままのその人が反映されてる。ちゃんと、私以外にもブスがいる。それでもクラスの中で私だけ飛びぬけてブスな気がした。もうね、「規格外」だった、本当に。

そしてきっとこれが、正真正銘、私の顔。とんでもないブスだけど、これが私だということは一目見て認識できてしまった。全くの別人すぎてどれが私かわからない、みたいな事態にはならなかった。結局これが現実で、現実がこれならもう死にたさしかないよ。

もうさ、**卒アルは自分の気に入った写真を持ち込んで貼り付けていいことにしません？**　だって数百人の同級生の家にあの規格外のブスの写真が今も大事に保管されていると思ったら、**恐ろしくて卒倒しそう**だもの。持ち寄り制だったら、私はゴリゴリに加工しためちゃくちゃかわいい私の写真を持っていく。詐欺でもいい。規格外のブスよりは写真詐欺師のほうが数段マシだ。

美人は性格も良いと言うけれど、
恵まれた容姿に生まれて、
常に周りから優しくされて生きてきた美人が
逆に性格悪くなる理由を聞きたい。

どうして世の中はブスに面白さとか性格の良さを求めるの？

なんでも持ってる美人に求めてほしい。

何も持ってない、優しくもされないブスが優しくなれるわけもないし、このスペックで陽気に生きろなんて酷。ブスなんだから性格くらいは〜とか言うけど逆だよ。ブスだから性格歪むの。

美人には美人のつらさがあるって言う人いるけど
美人の悩みはブスになっても解決しないけど
ブスの悩みのほとんどは
美人になったら跡形もなく消え去ると思う。

1人が楽なんだけど友達のキラキラしたインスタ見て勝手に死んでる

気が利くわけではないけど、気を使ってしまう性格だし、人の言動にも敏感なほうだし、1人でいる方が楽。1人なら融通も利くし、好きなように、好きなことだけができる。誰かの視線に怯えることも、感情が揺れることもない。

だけど、それでも、一人ぼっちはやっぱり寂しい。友達のストーリーとかを見てて、楽しそうな日常を送っている人たちのことを知るると胸がギュッとなる。

何が楽しくて私はひきこもって1人でテレビ見ながらカップ焼きそば食って、寝て、起きて、インスタ見て、病んで、また食ってるんだ？

遊びたいかどうかは別として、誘われる存在ではありたい。誰かに会いたいとは特に思わないけど、誰かから会いたいとは思われたい。特定の誰かを必要としているわけではないのに、誰かからあなたが良いと、あなたが必要だと言われたい。

勝手だよね。**みんながキラキラ輝いて見えて、本当に楽しそうに見えて、自分の存在なんてとても小さく感じてしまう。**

いいなぁ。みんな。私も他の女の子みたいに、普通に、楽しく、自信を持って生きていきたいなぁって思ってしまう。

いや、誰しもそれぞれの悩みはあるだろうし、実は楽しくないかもしれないし、自信もないかもしれないけど、少なくとも私にはそう見える。

なんだか、私だけが、取り残されたように感じて、無性に寂しく感じる日があるんだ。

1人は好きだけど、寂しがり屋。

ああなんて面倒くさいの！　私は！

顔採用ばっかりな世の中で
ブスは人の3倍努力しなきゃいけないらしい

「顔採用なんて都市伝説だと思う？　ブスだから採用されない、ってわけではないけれど、同じことを言っても、容姿の優れた人間の話には希望のオーラが後ろに見えるんだ、不思議と」

これは私が、たくさんの大学生の就活を見てきた人から聞いた話。たとえ何かにつまずいても、美人ならロープやら、白馬やら、至る所から救いの手が現れる気がする。まあそれはそれとして。

その人はこうも言っていた。

「ブスってだけで人の3倍は努力しなきゃいけないのに、ブスな奴ほど、いつまでもグジグジ悩んでて行動すらしない」

聞いてるだけで胸が苦しいな、ああ、消えたいな。でもこれ、よく考えるとそう大きく外れた意見でもないと思う。この人は普段女性にブスブスと暴言を吐くような人では絶対にないけどね。

容姿で評価するのも、されるのも、私は嫌い。

でも、**現実として容姿は人生を大きく左右する**し、美人とブスの圧倒的な差を少しでも埋めるためには、もう、才能か、努力しかないじゃない。だってやっぱり綺麗な人ってそれだけで許したくなるし助けたくなるし、一緒にいるだけで力を貰える。**ただそこに存在するだけで、周りを幸せにする力が、美人にはある**と思う。

だから、美人に打ち勝とうと思ったら、数に限りのある採用の枠を奪おうと思ったら、容姿以外の部分で戦うしかないじゃない。

残念ながら私に才能はないから、努力しかない。3倍努力しなきゃいけないな、したくないけど。

努力してないのに細い
努力してないのにかわいい
そう思われたくて
死ぬほど努力するという矛盾。

痩せてもメイクしても綺麗な服を着ても
ブスだからすっぴん美人に勝てないって
無性に虚《むな》しくなる時と、
直せるとこ直してかないと
取り返しのつかないブスになるって
頑張る時の差が激しい
ああかわいい顔がほしい。

「あなたの長所はなんですか？」って質問死ぬほど嫌い

「自己PRをしてください」、「あなたの長所はなんですか」、こう聞かれるのが死ぬほど嫌。

聞かれるたびに適当なことは言ってみるけど、内心では何も見つからなくて、**何もない自分に失望している。**

私の中では得意なこと、不得意なこと、好きなこと、嫌いなこと、それぞれあるけれど、私の中では一番得意なことも、誰かの不得意のレベルにすら達していなくて、ああ私ってなんて無能なんだろうとか、そんなネガティブな思考に陥ってしまう。

ネガティブなブスにはなりたくないのに。

良いところのない人なんていない、生きる価値のない人間なんていない、まっすぐな、真理だ。

私もそう思う、ただし、私以外に。

他の人に価値がないだとか、長所がないだとか、そう思ったことは本当に一度もない。皆、もっと自信を持ってほしいし、良いところが本当にたくさんあるし、ないっていうなら私が見つける。私には、見つけられる。だけど、それをどうしても、自分に対して思えない。意味がわからない。

でもきっと、たぶん、希望としては、**私にも何かあるはずだし、私に生きてほしいと、必要だと、好きだと言ってくれる人もいると思う。いてほしい。**

だからさ、みんな生きようよ。

あなたもちゃんと価値がある。

私も、ある。

それが事実で、その事実を受け止めて、胸に抱いて、生きていくべきなんだよ、きっと。

整形してることを言いふらす女性格終わってるしマナー違反でしょ

別に言っても良いことなんて何もないのに、

「でもあの子整形だよ」

「卒アルやばいよ」

とかわざわざ言いふらす女、本当に性格が悪い。それはダメでしょ、マナー違反でしょ。

その子は過去の自分から生まれ変わりたいから、嫌な記憶を捨てたいから、整形という手段を選んだわけで、**見てほしいのは今でしょ？** どうして今のその子を見てあげられないの？

大きなリスクを背負って、痛い思いをして、逆境に耐えて、大金用意してまで変わったのに、綺麗になったのに、それでもまだ**過去**

をほじくり返して追いかけまわすなんて迷惑極まりないよ。

そもそも、整形したことを周りに言いふらして何がしたいの？　楽しいのかな。

元の素材はブスだから騙されないでね、あの子をちやほやしないでね、ってことかな。それが相手をどんな気持ちにさせるかなんてことにまでは考えが及ばない、単純に話が盛り上がりさえすれば何でも良いと思っているおバカさんなんだろうか。

整形していようがいまいが、今が綺麗ならそれでいいじゃない。かわいいんでしょ？　いいじゃん、それで。かわいいね、そこで終わる話じゃん。どうして「でも」って否定が続くの？

他人の過去やコンプレックスを持ち出して、優越感に浸る女に美人を見たことがないし、**むしろお前も整形したら？って思う。性格をね。**

親が子育てのためにした犠牲を盾に子どもへ愛や感謝を求めるのはなんか違う

子どもを1人育てるのにだいたい3000万円かかるとかかからないとか。3000万円ってすごいよね。私、他人のためにそんな出せないわ。

お金だけじゃない。子どものために仕事を調整したり、時間を割いたり、家事、習い事や学費の工面、そのうえ褒めたり、叱ったり……本当に、世の中のお父様お母様ってすごい。

両親に感謝すべきだということはきちんと理解しているし、素直に感謝もしている。

……だけど親に、

「私はあなたにこんなに愛情を注いできたんだからあなたは幸せだ」

「あなたのためにこれだけのものを犠牲にしてきた」

「あなたは恵まれている」

とか、そういう話をされると、何か違うなと感じてしまう。

別に私、生まれてきたいって、言わなかったよね？って。

こんなことを言ったらきっと泣かれるし、それこそ両親の数十年間を否定することになるから言えないし、絶対言わないけど。

でも産む選択をした以上、親が子どもを育てるのは当然だし、子どもに犠牲だとか、こんなにしてやったとか、押し付けるのはやっぱり違う。なら産まなきゃ良かったじゃん。と思ってしまう。

愛してきたことを伝えたいのかもしれないけど、少なくとも私にとっては自分が生まれてきてしまったことへの罪悪感へと繋がった。

ごめんね、だけど私も好きで私になったわけじゃないんだよ。もっと、望まれるような人間に、私だってなりたい、でもなれないの。

ごめんね。

根拠のない自信を持ってる人、
だいたい親に愛されすぎてる。
厄介でもあり、付き合いやすくもあり、
ちょっとうらやましくもある。
自信があればなんとかなっちゃうこと、
意外と多いし。

産んだらあとはなんとかなるっしょ！
の感覚で子どもを産まないでほしい。
本当に愛せるのか、経済的余裕はあるのか、
そもそも子どもを作る前にするべきこと、
やりたいことはないのか、
ちゃんと考えてよ。
こっちは気付いたら生まれてるっていう
システムなんだからさ。

最低な嘘をつく大人
「女の子は年頃になったら
自然に痩せて綺麗になるから大丈夫よ」。

写真の中の姿が自分の本当の姿。盛ってるつもりなんてさらさらないよ

この写真、めちゃくちゃ盛ってるな、と友達のインスタを見ていつも思う。もうね、正直、原型とどめてないもん。

だけどコレが自分の写真になるとあら不思議、証明写真は受け入れられなくて、**フィルターと角度、光を駆使した自分の顔が本当の顔**だと思っちゃう。なんて都合が良いんだろう。

きっと私のインスタの写真も第三者から見たらめちゃくちゃ盛れてるんだと思うし、友達には、

「盛ってるからね（笑）」

とは言っているものの、あれが本当の私だと、心の隅よりちょっと中央寄りで、ちょっぴり信じている。

白状すると、盛っているという自覚はほとんどなかったりする。

他撮りや、証明写真の中に、恐ろしく醜い私の顔を発見した時、「この写真写り最悪すぎる」「ブスすぎる」と落ち込むことはしょっちゅうだけど、盛れた写真を見て、

「この写真盛りすぎてる」「顔が違いすぎる」

と思うことは、ぶっちゃけほとんどない。

「この写真の私、なかなかかわいいな」

くらいに軽くとらえてしまう。

肌が白くて、目が大きく写っていて、そんなベストコンディションで、タイミングと文明の利器に頼り切った渾身の一枚を、私の本来の実力だと思いたいし、事実思ってしまっている。

だからきっと、他撮り写真の現実を、毎回受け入れられないんだ、自分はもっとかわいいと信じているから。

ブスだけど、ブスを受け止めきれない、悲しきブス。それが私。

鏡の中の私って時々ブスとまではいかない時があるし、
最高に調子が良い時は「あれ、もしかして私割と
かわいいのでは？」って調子に乗っちゃうんだけど
他撮りの私はもれなくブスだし、
証明写真に関してはもう前世でどっかの村に
火を付けたんだろうなってレベルの絶世のブスだから
意味がわからない。

当時は本気で、かわいい、盛れた、と思って
ドヤ顔でアイコンにしてた自分の写真やプリ、
今冷静になって見ると吐き気がするほどブスだし
あんなもの自らSNSに晒《さら》してたとか
マジで頭がおかしかったんだと思う。
あの時の私は本気で
最高の一枚だと思ってたのに。

「鏡に映る自分は実際の自分より7倍かわいく見える」って聞いたことがあるんだけど、
証明写真の自分と鏡の中の自分で比べたら
どう考えても7倍程度じゃ済まされないレベルで違う。
同級生全員の家に夜な夜な忍び込み、卒アルの私の写真のところだけ燃やしてしまいたい。
灰になりたい。

周りと自分を比べると上も下もキリがなくて結局一番つらいのは自分

あの人は自分よりかわいくていいな、幸せそうでうらやましいな、そう感じてしまうことが時々あるし、もしも私があの人だったら、あの人の能力があったら、あの人みたいな環境に生まれつくことができたら、あの人が無駄遣いしているものをもっと有効活用できたのに、と思ってしまうこともある。

周りと比べるのは良くないと頭ではわかっていても、心がついてこない。だけど同時に、結局、**人と比べて一番つらいのは自分だということも、知っている。**

私は見た目も良くないうえにこれといった取り柄も持っていないけど、**たぶん日本一のブスではない**し、日本一の馬鹿でもないと思っている。だって日本に1億人も人間が生存しているんだよ？たぶん最下位はない、はず、たぶん、きっと。

上を見たら本当にキリがなくて、果てしなくて、つぶれてしまいそうになる。自分はなんてちっぽけなんだろう、あの人にできることが、あの人の持つものが、どうして自分にはないんだろう。一度そう考えはじめると、つらくて苦しくて仕方ない。

だけど、だからといって下を見て、他人を見下して、見下せる人間を必死に探して、そうすることで自分を保って、それって本当に幸せなんだろうか。

天を見上げてどうして届かないのと落ち込む自分のことも、必死に井戸を探して底をのぞき込んで、見下ろして優越感に浸る醜い自分のことも、結局好きになれなくて、だから人とは比べない、比べたくない。

比べなくていいんだよ、**あなたはあなたで良い。私も私で良い。**

それがきっと、一番幸せだ。

「もっとつらい人もいるよ」
って言われても
他人のことなんか知らないし、
自分よりつらい人がいたからって
私の苦しさが軽減される訳でもないし、
少なくとも私より人生楽しそうな
あなたには言われたくない。

自分が人と比べてしまうのも嫌だけど、
他人に勝手に比較されるのはもっと嫌。

人の不幸を願うエネルギーを自分磨きに当てたらかわいくなれる

恨み、妬《ねた》み、嫉《そね》み。このあたりの感情って本当に根深くて、強い。嫌いな人に嫌がらせをするためだけに別アカウントを作る人もいれば、画策して、挙句の果てには犯罪にまで手を染める人もいたりする。

自分がつらい時、幸せな人を見るのがつらい。それは、どうしようもなく悲痛な本音で、嘘偽りのない真実。

自分の持っていないものを持っている人が、そしてそれに感謝すらせず、大事にもせず、ゴミのように扱う、そんな人を目にしたら心がざわつくのも、不幸になれば良いと願ってしまうのも、ごくごく自然な感情なのかもしれない。

だけど、**人のことを考えて、恨んで、妬むのって、とてもエネルギーがいる。**

負の感情って、自分を腐らせる。疲れさせる。

人の不幸を願うエネルギーを、自分の幸せのための努力に当てたら、きっと今より内面も外見も綺麗になれる。

嫌いな人は多いし、悪口も多いし、私は相当ひねくれてる。性格がとてつもなく悪いことは重々承知している。

だけど、あの人が不幸になればいいと、あの人に意地悪をしてやろうと、そこまで強い負の感情を抱いたことはない。そう言うと聞こえはいいけれど、要はそこまで他人に興味がないだけの話だと思う。どうでもいい。自分以外。私は私が一番大切で、優先していて、自分への興味が圧倒的に一番大きくて、深い。**他人についてあれこれ考えている暇があったら、自分がかわいくなりたい、綺麗になりたい。**

自分の人生、自分が一番大切だよね。

いつもポジティブで
いなくちゃいけない
とは思ってなくて、

というか私にはどうしても無理。
たぶん自分が壊れる。
だけど、ゴロゴロして

好きな漫画読んでテレビ見て
出かけたくなったら
フラッと出かけて
ほしいもの買って
食べたいもの食べたら
結構リセットされるよ。

幸せなんて
外側から見ただけじゃわからないし
明確な基準も数値もないんだから
勝手に幸せを押し付けないで。

誰も傷つけない人、
誰にでも優しい人は
誰の味方にもならない人だと思う。

陰口を気にしてダイエットや整形をしないのは損。美の前に悪口は無力

私みたいなブスが、たとえ整形してでもかわいくなろうと努力していることを知られたら、必死になってダイエットしていることを知られたら、陰で笑われるんだろうな。

「あんなに気にしてるくせに大したことないよね」「体型だけ気にしたって意味ないよね」

そう、言われるのが怖い。

でも、それに**おびえて立ち止まるのってすごく損だよね？**

他人の目を恐れて、やりたいこともやらず、今の自分のまま、ただひっそりと生き続ける。目立たず、騒がず、地味に暮らしていれば、嫌われることも、悪く言われることも、傷つくことも少ないの

かもしれない。だけど、それって、本当になりたい自分じゃない。

そんな毎日は、本当に望んだ日常じゃないはず。

整形がバレたって、努力しているのを見られたって、サラダチキンで暮らしていることが知られたって、ブスでいるよりもずっと良い。

「あの子整形らしいよ」

そうやっていつまでも同じ場所で、同じような悪口を言い続けるモブキャラみたいなブスと、努力して少しでも変わろうと、かわいくなろうと、昇っていく人。断然主役は後者じゃない？

そもそも、人の目を気にして立ち止まって隠れて、無駄にしてしまった時間は、不本意に過ごしてしまった時間は、もう二度と取り戻せない。

美の前に、悪口は無力。行動を起こせるのは自分だけ。未来をつかめるのも自分だけ。

優しい人にはなりたいけど
優しさを一番最初に褒められるのは嫌。
優しさ以外に褒めるところなかったんだろうな、
って思ってしまうから。

「それ男ウケ悪いよ(笑)」
とか言われても男のためにやってないし、
ましてやお前の意見なんてほんっっとに
どうでも良いです。

「モテる＝かわいい」ではないと思ってる。
女の場合、中の下くらいの容姿があれば
雑魚モテはそう難しくないはず。
優しくして、話しかけて、リアクションして、
アピールして、ボディータッチしてれば
変な男は山ほど寄ってくる、けど、
そんなのなんの意味もなくない？
モブ男に刺されるのが落ち。

ブスだと自覚はしてるけど実は自分を諦めきれるほどブスだとは思ってないのかも

ブスブスブスブスところにより普通、ブスブス、みたいな顔面。

だけど、それでも、鏡を見て何を血迷ったか、

「あれ、私って、そこまで悪くないかも」

と思ってしまうこともある。

証明写真や卒アルに写る自分の顔に毎度絶望するし、他撮りの顔を見ていまだに自分がブスすぎて驚くし、これってもしかしてブスを認めきれていないってこと？

もしも、自分のブスさを100パーセント自覚していたら、他撮り写真に落ち込むことなんてない。「こんなもんだよな、私ブスだし」で終わるはず。

そう思えなくて、ブスすぎて泣きたくなったり、かわいくなろうと努力してみたり、メイクしてみたり、ダイエットしてみたりするのは、**自分への希望を完全に捨てきれていないから？**

もしかしたら、綺麗になれるかもしれない、

こうしたら、変われるかもしれない、

次の写真は、かわいく写っているかもしれない。

そんな淡い期待を、心のどこかで抱いてしまっている。だから、それが裏切られるたびに苦しくて、納得がいかない。

プライドが高いんだよね、ブスなのに。そして実を言うと、これは別に悪いことでもないと思ってる。

シンプルに、**諦めるよりは諦めないほうが良い**と思うから。諦めなければ、いつか、1センチ、いや、1ミリでもいいいや。変われると思う、今はまだ、そう信じていたい。

化粧してカラコン入れて
服装も気遣って
食べたい物我慢して
日焼け止め塗りまくって
そしたら昔と比べたら
結構マシになったし

ブスの呪いからは
逃れられてないけど
頑張ってて良かったなって
思えることも本当にあるし、
これからも頑張ります
自分のために。

おわりに

まずは何より、この本を手にとっていただき、最後のページまで目を通していただけたことに心より感謝申し上げます。

いかがでしたでしょうか？　本当に、どうしようもないですよね、私。こんなどうしようもない人間が、世の中にいるんですよ。何はともあれ、完成して本当に良かった。こういった機会をいただけたことが本当に嬉しくて、幸せです。

これからも、私は私のまま平常運転を続けていく予定ですので、温かく見守っていただけたら幸いですし、そうでなければ、どうぞツイッターのアカウントもブロックしていただいて、金輪際関わることなく、別々の世界で生きていけたらなと思います。

さて、本の話に戻りますと、ツイッターの１４０文字の世界で生きている私にとって、600字以上の文章を何十トピックも書くというのは、正直簡単なことではありませんでした。語彙力、発想力、人間力の至らなさ、痛感しました。

だけど、それが楽しくもありましたね。ツイートには入りきらないニュアンスだとか、エピソードだとか、そういったある意味余分な情報を好きなように盛り込める面白さがありました。

あらためて本全体を読み返してみると、私という1人の人間の中に本当にたくさんの感情が渦巻いているんだなぁと実感します。

愛されたい、楽しく生きたい、つらい、恋したい、めんどくさい、嫌われたくない、優しくなりたい、こんな世の中嫌い、だけど、好き。

もうわけわかんない、でも、これが私。

本を書くにあたって意外にも一番大変だったのが、新しい短文の書き下ろしです。普段1日1~2ツイートしかしないので、

40もの短文を新たにひねり出すのがもう難しくて難しくて。夢にまで苦しむ自分がでてきて。

締切の朝3時にやっと完成しました。

私がツイッターを始めたのは約3年前なのですが、当時は自分のことが嫌いすぎて、嫌いで、嫌いで、嫌いで。

もう今すぐにでも消えたいなって思ってた。

だけど、今は自分の好きなところややりたいことも少しずつ見えてきて、大好きなフォロワーさんもたくさんいて。

綺麗になりたくてなりたくて仕方ない気持ちとか、生きるつらさとか、理不尽さとか、行き場の見つからない感情を言葉にして、これからも誰かに届けていきたい。誰かに何か、少しでも届いていればそれだけで本当に嬉しいです。

3年で人って本当に変わる。

というか、正直、3年後に自分がツイッターを続けているとは思っていませんでした。

匿名のツイッターでぶつくさ言うのなんてとっくに卒業して、もっとキラキラした毎日を送っている計画だったんだけどなぁ……(笑)。

それでは、締めの言葉としてはありきたりすぎるかもしれませんが、最後までお付き合いいただき、本当にありがとうございました。

次の瞬間、この本が暖炉の薪に加えられることがありませんように。

ポイズンちゃん

デザイン　小口翔平＋岩永香穂（tobufune）
カバーイラスト　りなりな
編集協力　高尾真知子
DTP　尾関由希子
校正　麦秋アートセンター

ポイズンちゃん

「日常の吐き出せない感情を文字にして消化したい」と始めたTwitterが「わかりみが深い」と注目され、フォロワー数18万人以上。美容、コスメ、ダイエット、美少女が好き。

Twitter　@poisoncookie00

この世界《せかい》で1人《ひとり》くらいは、私《わたし》の生《い》きる価値《かち》を認《みと》めてくれるはずだから

2019年 7月 4日 初版発行
2021年 5月 30日 3版発行

著者／ポイズンちゃん

発行者／青柳 昌行

発行／株式会社KADOKAWA
〒102-8177 東京都千代田区富士見2-13-3
電話 0570-002-301(ナビダイヤル)

印刷所／凸版印刷株式会社

●お問い合わせ
https://www.kadokawa.co.jp/（「お問い合わせ」へお進みください）
※内容によっては、お答えできない場合があります。
※サポートは日本国内のみとさせていただきます。
※Japanese text only

定価はカバーに表示してあります。

ISBN 978-4-04-065840-7 C0076